¡Boomer regresa en otra divertida aventura!
En este nuevo libro, Boomer va a la escuela. Y al igual que muchos niños durante el primer día de clase, Boomer está un poco confundido. Pero después de pintar con las patas, divertirse en el recreo y participar en clase, Boomer descubre que la escuela es el lugar perfecto para hacerse de nuevos amigos, aprender cosas nuevas y divertirse.

"…(Boomer) es un personaje muy tierno; ideal para los más pequeños que todavía no van a la escuela y se preguntan qué hacen sus hermanos mayores durante el día."
— *Kirkus Reviews*

"…un muy buen libro para leer en voz alta…"
— *School Library Journal*

"…las hermosas acuarelas de Whyte capturan con expresividad la energía de quienes van a la escuela por primera vez… (Boomer) ayudará a aliviar el miedo que sienten los niños en su primer día de clase."
— *Booklist*

Constance W. McGeorge nació y se crió en Ohio, donde vive en la actualidad junto a su esposo James, tres perros y un caballo. Constance fue maestra y ahora se dedica a escribir libros infantiles.

Mary Whyte también creció en Ohio. Ella y su esposo, Smith Coleman, viven en South Carolina donde tienen una galería de arte. Mary se dedica a pintar retratos e ilustrar libros infantiles.

Boomer vive con Mary Whyte y es un perro al que le gusta mucho los niños. Éste es el segundo libro de Boomer.

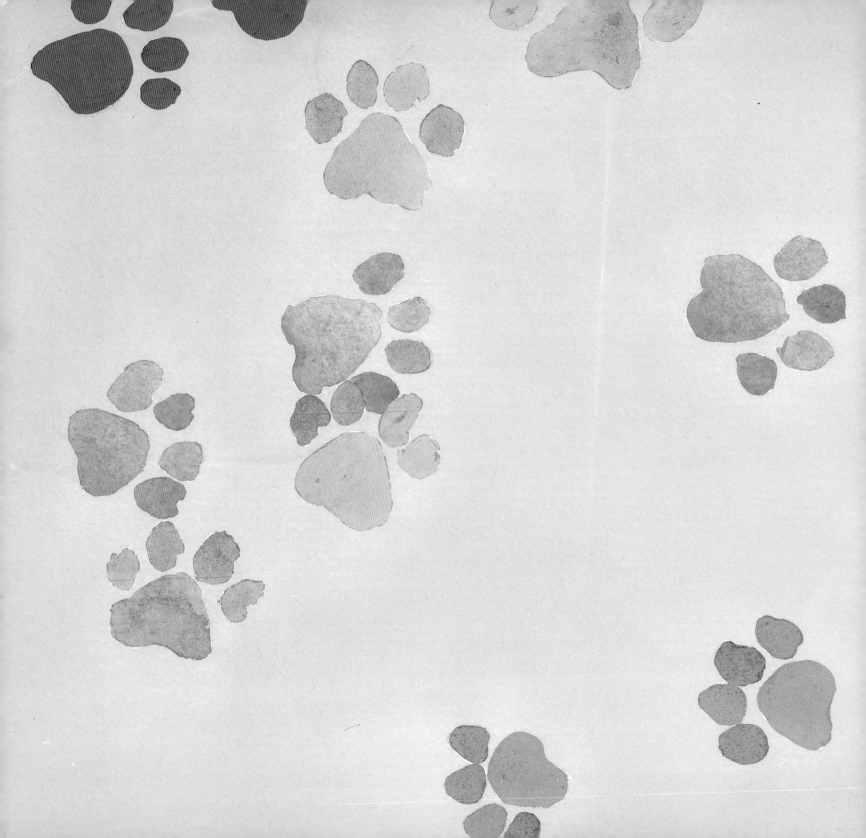

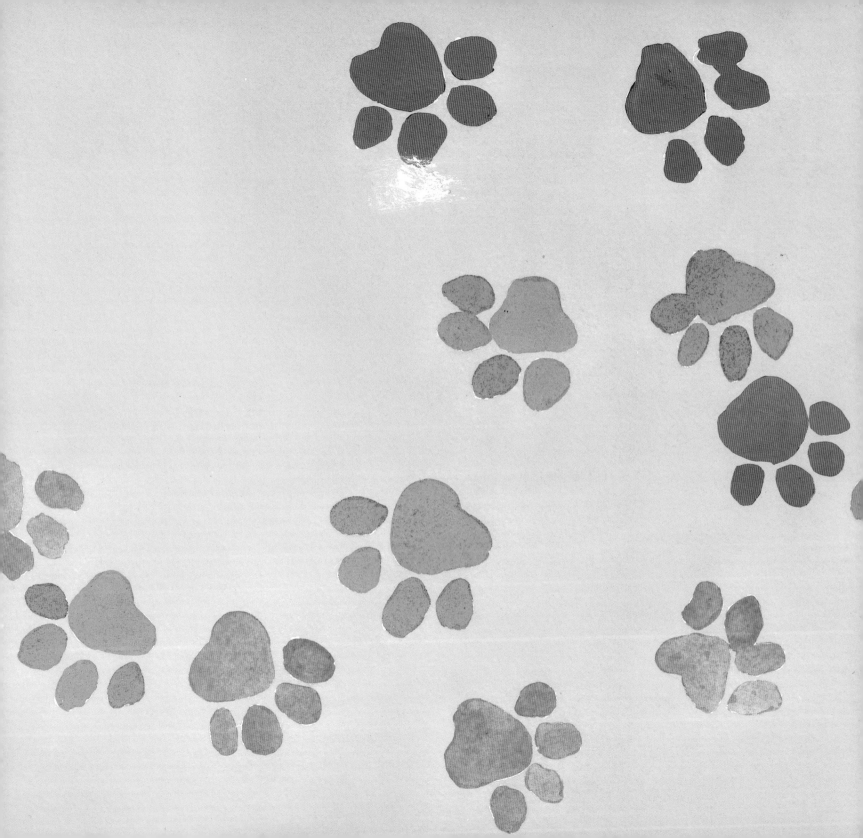

Con cariño, a mi hermana Ginny —C.W.M.

Con cariño, a Charles y Thomas —M.W.

Con cariño, a mis amigos de la escuela —BOOMER

Text ©1996 by Constance W. McGeorge

Illustrations ©1996 Mary Whyte

Spanish version supervised by SUR Editorial Group, Inc.

Translated by Alis Alejandro.

Book design by Suellen Ehnebuske/Lucy Nielsen.

Spanish edition typesetting by Vandy Ritter.

Typeset in Syntax and Providence Sans.

Printed in Hong Kong.

Library of Congress Cataloging in Publication Data

McGeorge, Constance W.

    Boomer goes to school/ by Constance W. McGeorge: illustrated by Mary Whyte

    p. cm.

    Summary: Boomer, the golden retriever, accompanies his owner to school for show and tell.

ISBN: 0-8118-1117-4 (HC) ISBN: 0-8118-2020-3 (PB)

[1. Golden retrievers–Fiction. 2. Dogs–Fiction. 3. School–Fiction.] I. Whyte, Mary, ill. II. Title

PZ7.M478467B1   1996   95-38278

[E]–dc20   CIP

                                        AC

Spanish language edition ISBN: 0-8118-2472-1

Distributed in Canada by Raincoast Books

8680 Cambie Street, Vancouver B.C. V6P 6M9

10 9 8 7 6 5 4 3 2 1

Chronicle Books

85 Second Street

San Francisco, California 94105

www.chroniclebooks.com/Kids

Boomer va a la escuela

Constance W. McGeorge

Ilustrado por Mary Whyte

chronicle books · san francisco

Boomer estaba descansando después de su paseo
de la mañana cuando de pronto alguien lo llamó.
En ese momento, Boomer vio la correa.

Boomer se puso muy contento. Pensó que iban
a salir a pasear otra vez.

Pero en cambio Boomer y su dueño salieron corriendo
de la casa y se subieron a un gran autobús amarillo.
¡Iban a pasear en autobús!

En el camino, se detuvieron en muchos lugares.
Boomer nunca había dado un paseo con tantos niños.
El paseo fue muy ruidoso.

Finalmente el autobús se detuvo frente a un edificio muy grande. Los niños empezaron a bajar y Boomer también bajó. Su dueño lo hizo entrar al edificio. Subieron las escaleras y dieron vuelta por un pasillo.

Boomer y su dueño siguieron caminando y se detuvieron frente a una puerta abierta.

Boomer miró el lugar con interés. En el cuarto había
mesas, sillas y niños, muchos niños.

Al poco tiempo de haber entrado sonó una campana.
Un adulto comenzó a hablar.
Todos se sentaron y prestaron atención.

Cuando la persona terminó de hablar, los niños saltaron de sus asientos. A Boomer le quitaron la correa. ¡Al principio no supo qué hacer!

Boomer quiso jugar con todos los juguetes…

…pintar con todos los colores…

...participar en todos los juegos...

…¡y comer el almuerzo de todos!

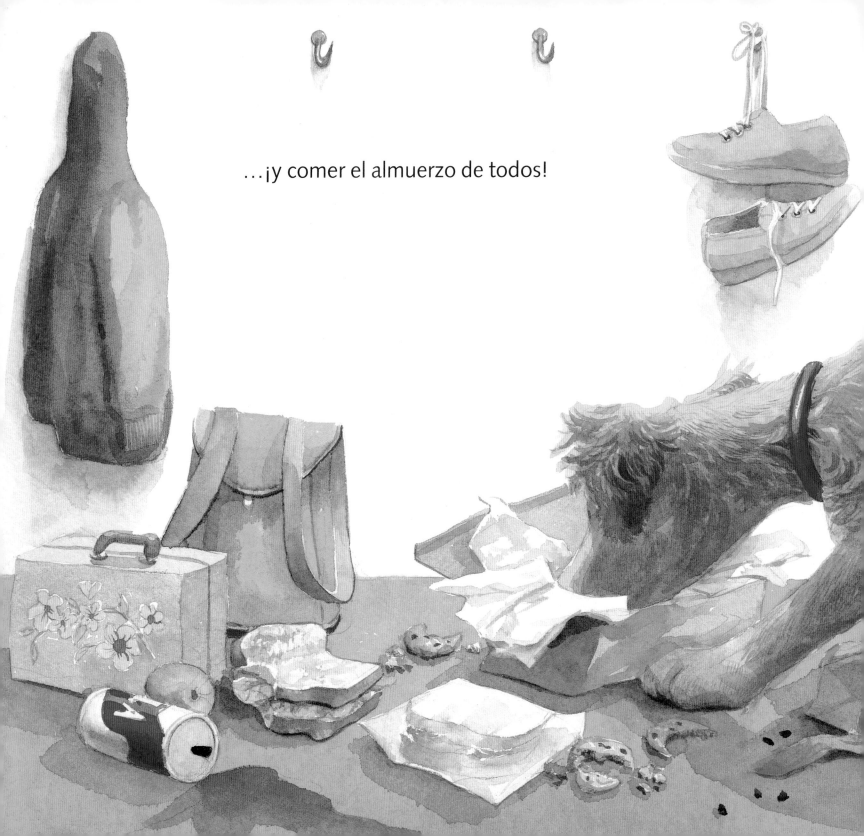

Después del almuerzo, Boomer vio que los niños se sentaban en círculo. Boomer estaba listo para el próximo juego. Pero esta vez los niños se quedaron sentados en silencio.

Boomer se quiso levantar, pero le dijeron que se sentara.

Boomer se meneó en el suelo, pero le dijeron que se quedara quieto.

Boomer ladró y ladró, pero le dijeron que se callara.

Boomer no sabía qué hacer.

Entonces, el dueño llevó a Boomer al centro del círculo de niños. Boomer se meneaba y sacudía la cola. El dueño de Boomer comenzó a hablar, contándole a todos cómo era Boomer y las cosas que sabía hacer.

Poco a poco, Boomer comenzó a entender. Se sentó muy quieto y en silencio. El dueño de Boomer se sentía orgulloso de él y le dio una palmada de cariño en la cabeza.

De pronto sonó una campana muy fuerte y salieron a dar otro paseo en el autobús. Cada vez que el autobús se detenía, uno de los nuevos amigos de Boomer le daba una palmada de despedida en la cabeza.

Finalmente, el autobús se detuvo frente a la casa de Boomer. Sacudiendo la cola, Boomer bajó y corrió feliz hacia su casa.

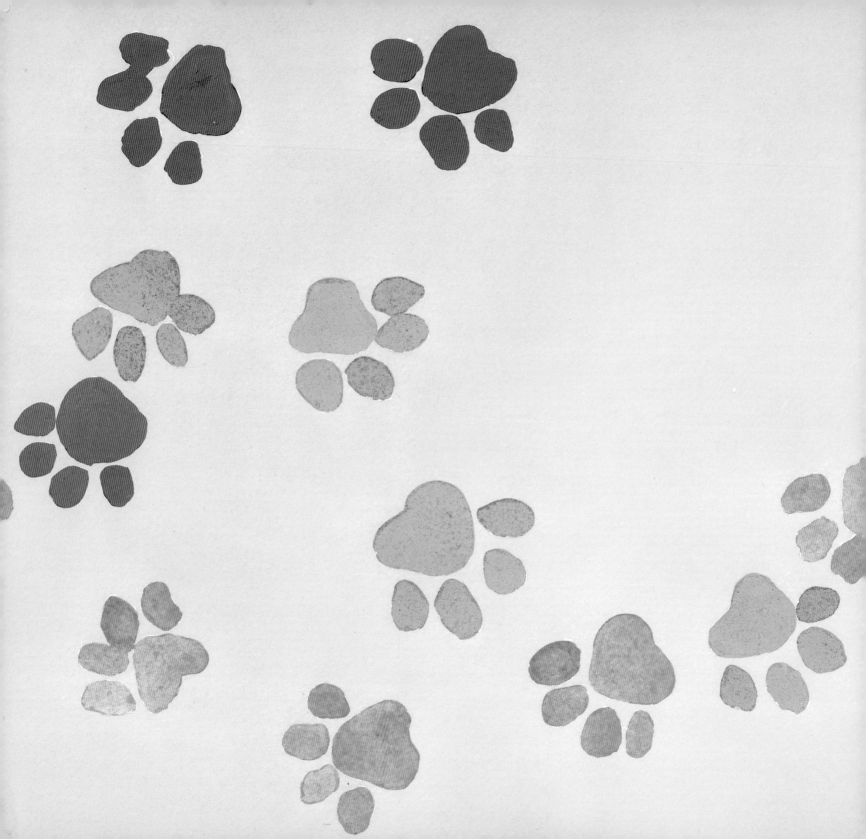

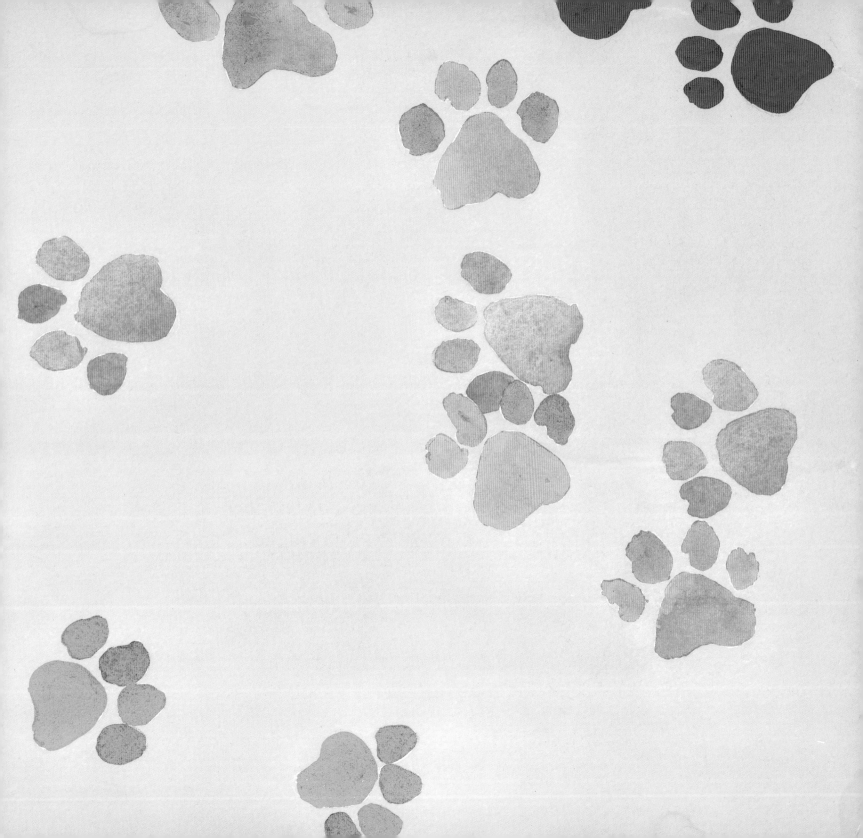

Otros libros de Chronicle Books en español:

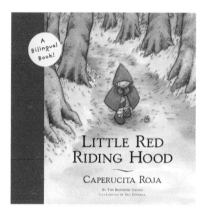

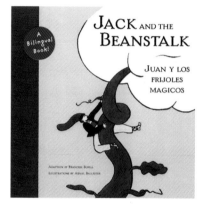

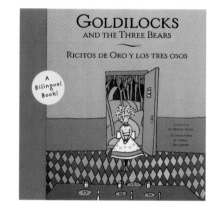